KB233629

노년과 마무리

노년과 마무리

김석규 지음

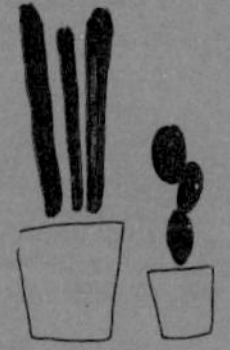

예 지
Wisdom Publishing

책머리에

나의 책 『노년과 마무리』를 여기 펴낸다.

인생은 이렇게 흘러 여기까지 왔다

되돌아볼 세월이 88년인데

아직도 생생히 기억나는 그날들을 다시 다듬어 보자.

그 아름다웠던 날들을 시처럼 수필처럼 엮어 보자.

무엇보다 나이 들고 늙어감 속에서 살아가는

내 모습과 생각을 기록하고

노년이 어떻세 마무리되어 가는지

그 삶의 소리를 적어두고 싶었다.

2024년 3월

김 석 규

차례

1부
되돌아본 세월

어머니

지금도 늘 그리운 어머니
무조건 내 편이었던 어머니
누구보다 더 날 사랑했던 내 어머니
아들을 너무도 자랑스러워하시던 어머니
모자의 인연 13년
철들어 기억 나는 어머니는
초등학교 때 5년 정도가 전부였다
자식들의 학용품을 미리 사서 보관하셨고
우리에게 한글을 가르쳐 주시던 어머니
1944년 우리 삼남매 달고 귀국하여
경북 영주 친정에 의탁해 살며
만주에서 못 나오신 아버지를

오매불망 기다리던 어머니
어느 날 밤 돌아온 아버지를 반겨
눈물로 목 메이던 우리 어머니
서른셋 젊은 나이에 호강 한번 못해 보고
돌아가신 어머니
우리 두고 가실 때
어씨 눈을 감으셨니

아버지

아버지는 대구농림을 졸업하고
영주 금융조합 근무시 결혼했다
30대에 만주 땅에 진출하여
산성진(山城鎭)에 철공장, 신양에 세탁소를
경영하던 내 아버지
처음 먹어본 짜장면 국화빵도
아버지가 사주셨다
그리고 위인전 책 사주셔서
정몽주 성삼문 이순신을 배웠다
어머니 병문안 다니는 도중 남산에 올라
어느 바위 위에선가 정몽주의 시를
줄줄이 암송하는 나를

대견스럽게 쳐다보던 아버지

돈암동 셋집 문간방 병석에 누우셨고

아버지의 앙상한 다리를 주무르던

그때가 눈물 위로 떠오른다

어머니 가신 지 1년도 안 되어

우리 곁을 떠나면서

너희는 이제 고아원에 살 수밖에 없겠지만

커서 훌륭한 사람이 되어라 하시던 마지막 말

아직도 귓전에 들린다

백지 위에 그린 인생

어버이 우리 두고 일찍 가셨지만
큰 유산 남겨 주셨네
커다란 백지 한 장 물려주셨네
그 위에 내 맘대로 내 인생 그려보라고
아무런 부담 없이 맘껏 그려보라고
그리고 부탁하셨지
바다와 같이 넓은 마음을 가지고
훌륭한 사람이 되라고
난 평생 그 말씀 되새기며
내 아들 손자에게도 가훈처럼 전해 준다네

할머니 생각

아버지가 만주에 가신 뒤에도

나는 할머니와 같이 대구에 남아

유치원에 다니다가 나중에 합류했다

할머니의 지극한 사랑속에 지내던

내 어린 만주의 시절 생각이 난다

탕후루의 단맛과 해바라기 씨의 고소한 맛은

지금도 잊혀지지 않는다

할머니가 해바라기 씨를 하나하나

애써 까놓으면

나는 한 입에 먹곤 했지

내가 아버지의 벌을 받을 때는

항상 할머니의 구원으로 방면되곤 했었지

그 할머니가 만주에서 어느 추운 겨울날
음력 1월 4일 돌아가셨다
산성진의 북산 차디찬 땅에
할머니를 묻고 내려오는 길에 보았던
보라색 도라지 꽃이
아직도 할머니의 사랑과 함께
내 머리속에 남아있다

할아버지

서울 돈암동 셋집에서 아들을 간병하던
할아버지 앞에 집도 재산도 한 푼 남기지 않고
돌아가신 아버지
할아버지 앞에 남겨진 것은 의지할 곳 없는
천애의 고아 우리 삼남매뿐이었네
13살 11살 8살의 손자 손녀를
어찌해야 할 것인지
얼마나 막막하고 기가 찼을까
오, 불쌍한 우리 할아버지
그때 그 모습이 짐작이 된다

6·25 한국전쟁

내 나이 14살 중학교 2학년 때
전쟁이 터졌다
그리고 9·28 수복까지
나는 고난의 90일을 서울에서 겪었다
신문팔이 담배장수 어디든 자리 잡고
참외도 군밤도 팔았다
9·28 수복 후
나는 외할아버지를 따라 대구로 내려왔다
청도에서 한겨울을 보낸 후
대구에서 영남중학교 2학년을 다니고
1951년 가을 성주로 들어갔다

1951년

열다섯 살 한 소년이 성주를 찾아왔다
천애고아 무의무탁 의지할 곳 없어 찾아왔다
과수원 접과하고 농약치며 일 배웠네
일당 받고 같이 일하던 순덕이 인분이
지금은 살았는지 어디서 늙어가는지
머슴들과 같이 생활하던 초당방이 생각난다
메주가 선반 가득 말라가고
쇠죽 끓이는 방이라 사철 따뜻했지
가끔 겨울날엔 우리 머슴들 모두 소풍가듯
먼산에 나무 하러도 갔었지
나는 여기서 산넘어 중학교에 다녔지
피란 학생 3학년을 끝냈지만

중학교 졸업장이 없다
3개의 중학교를 다녔지만
어느 중학교 졸업장도 없다
졸업식 날 나 홀로 뒷산에 앉아
빛나는 졸업장을 타신 언니께
꽃다발을 한아름 선사합니다 라는
졸업식 노래를 들으며 흘리던 눈물이
나의 빛나는 졸업장이었다네

정미소 시절

내 소년시절 중 가장 암울했던 시기다

피란 학생으로 중학과정을 마치고

성주 읍내 정미소로 일터를 옮겼다

벼 가마니 사이에서 밤잠을 자고

생쌀을 씹으며 허기를 달랬다

아침마다 정미소 앞을 지나

등교하는 학생들을 보며

얼마나 부러워했던가

향학열을 못 이겨 허황된 꿈을 안고

무작정 서울로 탈출 길에 나섰던 일도

쓴웃음으로 생각이 난다

1953년

전쟁도 끝나고 나는 성주 양조장으로 갔다

내게 별도로 맡겨진 일은 없다

내 도움이 필요한 곳이면

언제 어디서나 한몫을 했기 때문에

모두들 나를 좋아했다

막걸리 거르는 일, 술 파는 일, 회계하는 일,

가까운 곳에는 배달도 했다

양조장은 장터 가까이 있어

항상 사람들이 북적였다

5일장이 서는 날이면 없는 것이 없는 그곳에서

사람의 냄새를 맡을 수 있었다

1954년
_ 다시 교모를 쓰다

중학을 마친 지 3년 만에 성주의
신설 성광고등학교 2학년에 편입했다
새로 교모를 쓰고 등교하기가 쑥스러웠다
양조장 고두밥으로 끼니를 때우고
일꾼들이 쉬는 방에서 밤잠을 자며
내 학업의 끈을 이어갔다
그리고 3학년 초
성주 농업고등학교로 전학갔다

1957년

성주농업고등학교를 졸업하고
서울대학교 문리대 정치학과에 합격했다
먼길을 돌아 여기까지 왔다
대학 진학 후에도 방학 때면
내 집 내 고향처럼 성주에 가서
양조장에 기거했고
김세훈 사장님은 계속 등록금 등
여러 가지를 도와주셨다
그 큰 은혜를 어찌 잊으랴
그리고 서울에 있는 동안 한식구처럼
나를 받아주신 도영원 고모님(아버지의 이종)
은혜 또한 태산같다

두 번의 시험

내 인생을 좌우한 두 번의 시험이 있었다

첫째가 1957년 시골 성주 농업고등 학교에서

당시 한국에서 가장 어렵다는 서울대학교

문리대 정치학과에 합격한 것이다

두 번째가 대학 3학년 재학중

1959년 제11회 고등고시

행정과 3부(외교)에 합격한 것이다

기적 같은 행운이었다

이 두 번의 행운이 있어

내 구겨진 이력서는 펴지게 되고

이 디딤돌 위에 내 인생은

긴 여정을 출발했다

장모님

장모님 주의경 선생은 함흥 영생여중 때
항일시위 주모자로 체포되어 퇴학당했고
1·4후퇴시 딸 둘 데리고 월남하여
성주중학교 경북여고 서울 중앙여고에서
평생을 바친 선생님이시다
은퇴 후에는 3·1 여성동지회 회장을
오래 역임했다
내가 해외 근무시 스웨덴과 뉴욕에도 오셨다
나는 늘 모란공원 장모님 묘소에서
'생전에 잘 모시지 못해 죄송합니다'라고
회한과 추모의 기도를 드린다

아내

아내와 나는 성주에서 처음 알았고
대학생 때 서울에서 만나
1963년 결혼하고 1남 2녀를 두었다
아내는 나의 40년 외교관 생활 중
헌신적으로 내조하고 아이들 키우며
아내로서 엄마로서
항상 우리들의 중심에 있었다
50년을 함께 한 아내는 마지막 10년을
파킨슨병과 싸우다 우리 곁을 떠났다
이제 뒤돌아봐도 보이지 않는
아내에게 해 줄 수 있는 말이
'고마워요 사랑해요'뿐이란 것이 안타깝다

2부

파킨슨병 아내 곁에서

파킨슨병 아내

2000년 4월 마지막 임지 동경에서 귀국하여

아내와 나는 앞으로의 은퇴생활을 위해

여러 가지 구상도 하고 계획도 세웠다

새로운 삶에 대한 설렘도 컸다

불행의 신은 우리에게 너무도 빨리 찾아왔다

2004년 아내가 파킨슨병 확진을 받았다

아내는 10년 투병의 고통

나는 간병 10년의 고뇌 속에

힘든 세월을 살았다

아내는 2013년 1월 19일

마치 헌옷을 벗어 던지듯

병든 육체를 떠나가 버렸다

새싹이 돋아나는데
매달려 있는 낙엽이 되기 싫다면서 떠나갔다
우리는 아내를 엄마를 보내 주었다
아내는 나를 만나 결혼하고
아이 낳고 아내로서 엄마로서 살다가 갔다
한 여자의 일생이 내 감은 눈속에 길게 남아
눈시울을 적신다
"꿈엔들 꿈엔들 잊힐리야"

모란공원 묘지

서울에서 가까운 거리에

경관도 좋은 모란공원 묘지가 있다

이곳에는 장모님 묘지가 있어 갈 때마다

우리도 이곳에 묘소 하나 있으면

얼마나 좋을까 생각했다

오래 전에 만들어진 묘지라

새로 분양받는 것은 불가능했다

그래도 나는 몇 년을 관리소장에게

크리스마스 카드를 보내는 등 공을 들였다

지성이면 감천이라 했던가

양지 바른 특남 4지구 337호를

분양해 주겠다는 통보를 받았다

2005년 1월 17일 분양계약을 위해
경춘가도를 달려갔다
마침 눈이 내리는 길 위에서 나는 생각했다
"내가 지금 살아서 가는 이 길은
다시 돌아올 길이지만
언젠가 내가 마지막으로 가면
다시 돌아오지 못하겠지" 하며
조용히 감회에 젖어본다

문화의 날~ 슬픈 자유

아내가 10년 병석에 있던 7년째부터
나는 매주 수요일을 문화의 날로 정하고
서울 근교를 드라이브하고
박물관 전시회들도 둘러보고
영화관에도 가기로 했다
친구들은 해외여행 간다고들 야단인데
나는 아내 간병하느라
집과 병원만을 오간 세월이 너무 길었다
그래서 1주일 한 번 문화의 날로 정하고
슬픈 자유를 갖기로 했다
서울대공원의 청계산 산림욕장
등산을 좋아했다

아침 9시 반쯤 서울대공원 동물원 매표소에서

경로 입장권을 얻어 산림욕장 입구쪽으로 간다

전체 7킬로가 넘고 2시간이

더 걸리는 등산로다

갈 때는 이른 아침이라 사람들이 적지만

끝날 즈음에는 반대 방향에서

오는 사람들이 많아진다

서로 스치며 '안녕하세요'라고 인사를 한다

좋은 공기 마시고 중간 약수터에서는

사람들과 눈인사도 나누고 한참 쉬기도 한다

산림욕장 등산이 끝나는 자리에 마련된

크고 넓은 평상 위에 큰 대자로 누워

나뭇가지 사이로 파란 하늘을 본다
준비해 간 간식과 커피를 마신다
이렇게 나는 슬픈 자유의 숨을 쉰다
소풍 나온 유치원 어린이들의
재잘거리는 소리가 들리면
내 집으로 돌아갈 시간이다

예쁜 색깔의 나비 되고파

아내는 덤으로 숨쉬고 있었다

살아있다는 것과 죽은 것과의 중간쯤일까

다음 정거장이 죽음의 역이라는

열차를 타고 있는 승객처럼

매일매일 더 어두워지는

차창 밖을 내다보고 있는 것 같다

인간의 몸은 나비가 날아 오르기 위해

벗어던지는 번데기처럼

영혼을 감싸고 있는 허울에 불과한 것일까

병든 허물 벗어 던지고

아내도 나도 예쁜 색깔의 나비가 되면 좋겠다

아내는 이렇게 변해갔다

파킨슨병에 걸렸다는 사실만으로도
죽어야겠다느니 소동을 피웠던 아내
지팡이를 짚고 가는 환자를 보고
자기는 지팡이는 안 쓰겠다고 하던 아내
절대로 휠체어는 안 탈 거야라고 하던 아내
어느새 휠체어 타고
공원에도 백화점에도 갔었다
코에 관을 꽂고 있는 환자를 보고
흉하게 저렇게까지 해야 하나 하더니
이제 아내는 콧줄을 넘어
위루관 시술까지 하고
기관지절개 시술도 해서

인공호흡기로 숨 쉬고 있으니
완전히 로봇처럼 변해갔다
그렇게도 보통사람같이 보이려고
애쓰던 그 자존심 어땠을까
침상에서 한치도 움직이지 못하고
한마디 말도 못 하면서 무슨 생각을 했을까
"나 살아야 해 살 거야"라고 하지 않았을까

119

아내가 처음 119를 이용해
서울대 병원 응급실에 실려간 것이
2010년 5월 7일이다
그 다음 두 번 더 119의 도움을 받았고
2013년 1월 19일
마지막 119가 집에 왔을 때는
대원으로부터 이미 죽었다는 선고를 받았네
나는 늘 아내와 같이 119,
앰뷸런스에 동승했다
혼잡한 시내 차들 사이를
특유의 사이렌을 울리며
달리는 차 속에서 나는 어지럽기까지 했다

병원에서 집으로 올 때는

환자 수송 유료 서비스 129가 있다는 것도

그때 알았지

연명치료

인공호흡기를 사용한 2011년 5월부터
2년간의 연명치료가 시작되었다
아내는 전적으로
의학의 힘으로 연명하고 있을 뿐
옆에서 해 줄 수 있는 것은
수분이나 영양을 공급하는 것이
최선이고 전부였다
아내는 아무리 아파도
아프다는 말도 못 하고
아프다는 표정도 짓지 못한다
본인은 얼마나 아플까
얼마나 소리치고 싶을까

아내는 분명 살아 있었다

내 손에 아내의 체온이 따뜻했다

그리고 들리는 것은

삶과 죽음의 중간에서

덤으로 이어지는 희미한 숨소리였다

3부

내 삶의 역주행

나 홀로 배낭을 메고

아내가 죽고 10년 많이도 쏘다녔다

내가 긴 해외생활을 하면서도

못 가 봤던 호주 뉴질랜드도 다녀왔다

매년 태국 일본으로

골프여행도 빠진 적이 없다

중국 동남아 단체여행도 즐겨 따라다녔다

봄 가을 두 차례 제주도 여행에서는

한라산 철쭉 구경한다고

영실의 1,700미터 고지 윗세오름까지 올라갔다

그때 내 나이 81세였다

운전도 즐겨 설악산도 동해안도

나이 탓 안 하고 다녔다

추억의 국내여행도 부지런히 다녔다

내가 태어났고 외갓집이 있던 영주,

내가 피란 때 지냈던 청도를 찾아갔고

내 중고등 학창시절의 추억이 있고

모교가 있는 성주는 여러 번 갔다

등산 바둑 등 동호회

여가활동도 부지런히 했다

한 달 이상 걸려 집 수리도 했고

세 번째 책도 출간했다

그렇게 세월은 흘러갔고

코로나가 아까운 몇 년의 세월을 앗아갔다

이제 88 미수 되니 몸도 마음도 쉬고 싶단다

멕시코 1

그렇게도 가고 싶던 멕시코를 찾아갔다
나의 첫 해외 근무지
나에게 딸과 아들을 준 땅 멕시코를 향한
추억의 여정이 시작되었다
2014년 11월 25일 대한항공 KE 029편의
내 자리를 찾아
이 멋진 여행에 내 몸과 마음을 맡겼다
눈을 감았다
50년 전 나의 멕시코 생활이
어제 같이 떠오른다

멕시코의 유명한 휴양지 칸쿤에 들렀다

카리브해 칸쿤의 아름다운

아침 해변을 걸었다

내가 움푹 파놓은 발자국은

밀려오는 바닷물에 흔적도 없이 사라졌다

아무도 지나간 적 없는 백사장으로 돌아갔다

이것이 우리네 인생이다

한번 잔깐 지나가는 흔적일 뿐이다

이렇게 꿈같은 칸쿤에서 준비 시간을 보내고

드디어 부푼 가슴을 안고

멕시코시티로 들어갔다

내가 3년 2개월을 살았고
딸과 아들을 낳은 도시
멕시코시티에서 추억의 옛 길을 찾았다
내가 살던 집 내가 근무하던 대사관 옛 건물 등
변함없이 그 자리에 같은 모습으로 서 있었다

국립극장 Bellas Artes에서
50년 전과 다름없는
민속무용 공연을 보았다
노래하는 사람 춤추는 사람
모두가 내가 이곳에 있을 때는
태어나지도 않았겠지

물길 유람지 소치밀코에 가서 배를 탔다

물길 위에는 울긋불긋 화려하게 꾸며진

수많은 배들이 가고 오고 부딪치곤 했다

여인 혼자 노저으며 꽃 파는 쪽배

음료수를 파는 소녀들의 배

흥겨운 마리아치 악사들의 배

이들 속에 관광객의 배들이

조화롭게 섞여 흘러가고 있다

내 인생도 이렇게 흘러 여기까지 왔다

그 옛날 마리아치들의 노래에 맞춰

소금 안주에 떼낄라 한 잔을 기울이던

Tenampa 주점이 있는
"가리발디" 마리아치 거리로 갔다
La Golondrina와 Guantanamera 노래를
다 같이 흥겹게 불렀다

이렇게 추억의 여행 중 빼놓을 수 없는 곳이
가족과 같이 즐겨 찾던 Roma Linda 식당이다
나는 옛날과 같은 메뉴를 찾아
소고기 스테이크와 소스 Salsa Argentina를
곁들이고 맥주를 시켰다
그리고 한입 한모금 추억을 씹고 마셨다

마드리드

나 홀로 배낭을 메고 여행을 떠났다
10년 전 아내와 같이 가기로 했던 여행을
이제 나 홀로 떠났다
은퇴 후 처음으로 떠나는 해외여행이다
2013년 5월 이집트를 거쳐 스페인으로 향했다
내 나이 35살 때 주스페인 대사관
창설차 대사대리로 이곳에 와서
가족과 같이 20개월의
잊지 못할 추억을 심은 땅
마드리드를 다시 찾아갔다
마드리드 바라하스 공항에 도착한 것은
2013년 5월 12일

귀에 익은 스페인어는
내 머리의 자물쇠를 열어버렸다
아름다운 도시 마드리드
정든 도시 마드리드
추억의 도시 마드리드에 내가 왔다
내 살던 동네와 가족과 더불어 다니던
거리를 찾아 기억을 반추했다
프라도 미술관을 비롯해
고도 Toledo까지 다녀왔다
Plaza de Espana 돈키호테 상 앞에서
나는 두 손을 높이 들고 소리쳤다
42년 만에 추억의 땅 마드리드에

내가 찾아왔다고
저녁엔 플라멩고 춤이 있는 식당에 가서
그 정열적 율동과 애절한 노래 가락에 젖어
추억의 술 Tio pepe 한잔을 기울였다
이 멋있는 밤은
또 하나의 새로운 추억이 되었다

파라과이

라파초 꽃 향기 어린 땅

울고 왔다 울고 가는 고장

동대문 평화시장에서 봉제업 하다가

이민 왔다는 자칭 평화대학 출신 교민들과

잊지 못할 추억의 세월을 보냈다

인접국 아르헨티나와 브라질로 가기 전에

잠시 머무는 이민자의 중간역 파라과이

그러다 정들어 살아가는 곳

나도 부임할 때는

이런 안 좋은 곳에 왔나 싶어 울었고

떠나올 때는 정든 땅 정든 사람들과

헤어짐이 서러워 또 울고 떠나왔네

파라과이는 내가 처음 대사가 되어
3년을 근무한 잊지 못할 땅이다
산뻬드로 한인농장, 교민들의 양계장
한국 옷 가게가 즐비한 제4시장
이민 20주년을 기념하고 한국학교 세우겠다고
돌 하나씩을 나르던 그때 그 시절을
내 어찌 잊으리오

(나시 찾아가 보진 못하지만
내 맘속엔 항상 그리움으로 살아있다)

외갓집

한 마리 연어되어

나 태어난 경북 영주를 찾아갔다

이곳 외갓집에서 부모님이 결혼했고

내가 태어났고 내 어린 시절의 추억이

진하게 묻어있는 잊지 못할 땅이다

만주에서 귀국 후 여기서 동부국민학교

2~3학년을 다니면서

1945년 해방을 맞이했고

우리 삼남매가 어머니의 사랑속에

꿈같은 어린 시절을 보낸 곳이다

세월이 지나 항상 맘속에 그리던

영주를 다시 찾아간 것은 대학교 1학년 때다

아직도 옛 모습 그대로인 외갓집과 동네

작은 개천이 흐르고 큰 포플러가 있던

그 자리에 서서 눈을 감고 그려봤다

봄이면 복사꽃 붉게 피고

물오른 버들가지 꺾어 호뚜기 불던 곳

뒷산에 올라 참꽃을 따먹고

여름이면 기렁에 니가 미역 감던 어린 시절

더운 여름 출뱅이 잡으려고

논두렁 밭두렁을 쫓아 다녔고

가을엔 오요강아지 손바닥에 올려놓고

흔들어 보던

그 세월을 내 어찌 잊으리오

세월이 흘러 동네도 딴 모습으로 변했다
그래도 잊지 못해 나는 백발이 되어서도
한 마리 연어되어 다시 찾아갔다

청도의 추억

청도군 화양면은 나의 본적지다

1950년 피란시절 한겨울을 보낸 곳이다

연 날리고 팽이 돌리며

철사줄로 앉은뱅이 썰매 만들어

논 얼음 위를 신나게 지치던

그 시절이 생각난다

정월 대보름날 청솔가지로 집을 짓고

달이 떠오르면 불을 질러 연기를 날리는

달집 태우기에도 한몫 어울렸다

화투도 종이에 그려 초를 입혀 만들고

제기차기도 여러 모양으로 잘도 찼다

이렇게 한겨울의 추억이 있는 청도를

나 홀로 69년 만에 다시 찾아

그때를 회상해 본다

성세 장학금 1

내 어린 시절의 꿈이 싹튼 곳

추억이 깊이 배어 있고 지금도 늘 그리운 곳

내 마음의 고향 말만 들어도

가슴 설레는 땅 그곳은 성주

나를 키워 준 땅 은혜의 땅 성주를 위해

내가 무엇인가 작은 것이라도 해야 한다는

평생의 책임감이 내 온몸을 조여 왔다

2016년 5월 4일 모교 성주고등학교에

나는 1억 원의 장학금을 기탁했다

이름을 성세장학금이라 했다

성주라는 星자와 나를 도와주신

김세훈 사장님의 함자 世자를 따서
이름 지었다
그리고 성주에서 외교관이 되어
세계로 나아갔다는 의미이기도 하다
내 뜻을 받아주고 행사를 준비해 주신
교장 교감 선생님과 수고해 주신
모든 분에게 감사드린다

성세 장학금 2

성세장학금 기탁하는 날
성주군수를 비롯한 유지들과
2~3학년 학생 전원이 강당을 가득 메웠다
소식을 몰랐던 김세훈 사장님의 세 따님도
대구 왜관 등지에서 신문 보고 왔다면서
참석해 주어 뜻깊은 자리가 되었다

학교 정문에는 "김석규 대사 모교 방문을
진심으로 환영합니다"라는
현수막이 설치되었다
장학금 기탁식에 이어
나는 "오늘이 있어 내일이 있다"라는 제목으로

90분에 걸친 특강도 했다
저녁에는 교장 선생님을 비롯한
관계자들을 초대하여
저녁도 같이하며 내가 잔을 들고
"성주에서"라고 선창을 하면
모든 분들이 "세계로"라고
큰 소리로 화답해 건배했다

장학금 중 2천 5백만 원은
성세 학습실을 만드는데 쓰고
나머지 돈으로 매 학기 10명씩
장학생을 선발하여

50만 원씩 수여하고 있다
장학생들은 손글씨 감사편지를 보내왔고
나는 격려의 답장을 보낸다

자랑스러운 성주인상

나는 2020년 10월 성주신문이 주관하는

제16회 자랑스러운 성주인상(교육 문화)을

받았다

영광이고 기뻤다

수상소감에서 나는 나와 성주의

인연을 회상하고

나를 키워준 이 고장 성주에

다시 한번 감사했다

✤ 자랑스러운 성주인상 수상 소감

제16회 자랑스러운 성주인상을 받게 되어

무한한 영광으로 생각합니다

1951년 한국전쟁이 한창이던 때

성주를 찾아온 무의무탁한 15살의

한 소년을 따뜻이 맞이해 주었고

성주인으로 키워준 이 땅 성주에 깊이 감사합니다

성주는 내가 중고등학교를 마치도록 도와준

은혜의 고장입니다

성주의 거리거리마다 내 어린 시절의 추억이

깊이 배어 있고

지금도 중고등학교 친구들을 만날 수 있는

이곳이야말로 진정 내 마음의 고향입니다

40년 외교관생활 내내 나는 성주사람이라는

깃발을 자랑스럽게 휘둘렀습니다

주일대사를 끝으로 공직생활을 마무리하고

무한한 향수와 책임감으로 몇 번인가

성주를 찾아왔습니다

모교의 교정에 서서

나는 이 은혜의 땅 성주를 위하여

무엇인가 해야겠다고 소리쳐 다짐했습니다

2016년 5월 모교 성주고등학교에

"성세장학금"을 만들고

지금까지 90명의 장학생에게 도움을 주고 있습니다

후배들 앞에서 특강도 했습니다

이 모든 것이 나에겐 더 없는 행복이었습니다

성주신문 창간 26주년을 거듭 축하합니다

고향 가는 길

저녁버스 창가에 기대어

맥주 한 캔을 들고 창밖을 내다본다

남부터미널에서 성주까지 3시간

차창 너머엔 어둠이 깔려

반사된 내 모습과 겹쳐

고향의 어린 시절이 주마등같이 떠오른다

이어폰에서는 〈고향역〉 노래가 흘러나온다

금년 가을의 어느날

이렇게 성주에 가자

모교 성주 고등학교를 찾아

교장선생님과 구내 식당에서 점심을 하자

역사관도 둘러보고 학생들도 만나보자

그리고 살아있는 동창들도 만나
밥 한 끼도 나누자
옛 살던 이곳저곳 찾아보고
한 개 마을에도 가보자
항상 인기척 없이 닫혀 있는
녹색 대문집도 두드려 보자
나처럼 늙어간
그때 그 여학생이 살아 있을지

그때 그 사람

그리운 사람
그리운 시절
그리운 땅을 그려본다
그때 그 사람들
옛 모습 사라진 그 동네에서
오늘도 나처럼 늙어갈까
내 마음 속엔
아직 그때 그 모습으로
이끼 되어 있는데

성주여 안녕
_성세장학금 3

코로나로 오래 못 갔던 성주를

2023년 10월 말 찾아갔다

뜻깊은 여행이었다

모교 성주 고등학교에 내가 기탁한

'성세 장학금이 이 해 1학기로 종료된다

그간 150명의 학생에게 장학금이 지급되었다

학교에서는 내가 성주에 와서

모교를 방문하는 기회에

감사패를 주겠다고 한다

10월 23일 11시 나는 모교에 갔다

체육관에 전교생을 모아놓고

감사패 전달식을 준비해 주었다

내 특별 강연의 순서도 있었다
생각지도 않은 영광스러운 행사가 되었다
학교 역사관에는 내 얼굴과
성세장학금 기탁 내용이
동판으로 부조되어 좋은 위치에
부착되어 있었고
학교 중앙정원에 내가 기념식수한
소나무는 더욱 푸르렀다
김영길 교장 선생님과 구내 식당의
점심도 완전 맛집이었다
동창들과의 저녁도 좋았고 모두들 많이 늙었다
옛 거닐던 추억의 이곳저곳도 찾아

그때 그 시절을 회상했다

내 나이 미수

이제 다시 성주에 올 수 있을까 생각하며

10월 24일 오전 서울로 돌아왔다

아 그리도 그리웠던 내고향

성주여 안녕

4부

노년과 마무리

나이 드니 생각이 많아진다

문득 문득 떠오르는 생각들이

가슴에 흔적을 내고 머물다 간다

이 생각들을 이삭 줍듯 여기에 모아 본다

새벽

해뜨기 전 동녁 하늘이 멀리서 밝아온다
온 세상이 희미하게 윤곽을 드러낸다
막 잠에서 깬 눈으로 그리고 온몸으로
하루의 생명을 허락받는다
감사합니다
새벽은 부끄러운 듯
창틈에서 날 기다리네
내가 창문을 열고
한가슴 아침으로 맞이할 때까지

저녁

저녁이 싫다
으스름 땅거미 지는 저녁이 싫다
그림자 길어지는 저녁이 싫다
하루가 끝나는 시간이 싫다
인생의 끝이라는 것도 이런 거겠지
내가 싫어해도 오고야 마는 것을

처음

이토록 늙어 보는 것이
처음이라서
어찌할 바를 모르겠네
처음 가는 길이니까

한강 산책

나는 아침마다 집 앞 한강변을 산책한다

주말에는 사람들이 많다

반려견을 운동시키는 사람

천천히 걸어가는 사람

빨리 걸어가는 사람

자전거를 타고 쏜살같이 지나가는 사람

축구장 야구장 농구장에도

젊은이들이 가득하다

주말이면 가족들이 나와

천막도 치고 예쁜 어린애들도 뛰어논다

나는 이제 이어폰을 빼고 저장된 음악 대신

자연의 소리 삶의 소리를 듣는다

강 너머 남산의 모습
날마다 바뀌는 하늘의 색깔과
구름의 모양을 본다
철 따라 다른 꽃 피우고
나뭇잎 푸르게 돋아났다 단풍 든다
비둘기 까치 물오리 먹이 찾는 이곳에
내가 오늘도 숨 쉬고 있다
저만치 노부부 손잡고
석양 속으로 멀어져 간다

노을이 지고

노을이 지고 밤마저 잠이 든

조용한 시간

한강이 내다보이는 창가에 앉아

한 잔의 포도주를 마신다

술잔에 어린 지난 세월의

숱한 이야기를 마신다

다시 못 올 그 시절 그려보며

술잔 위에 떠 있는

추억의 그림자를 마신다

꿈도 젖어버렸다

뜨겁던 열정이 식어버리고
진하던 감정도 퇴색했네
나이 들면서 모든 것이 식고
퇴색하고 흐려진다
나를 흥분시켰던 나를 뛰게 했던
그 동기도 그 욕망도 다 타버린 연기처럼
자취 없이 사라지고
내 자신은 무색 투명한
침묵의 존재로 변해간다
꿈도 젖어버렸다 추억도 희미해졌다
내 삶의 골목길에 가로등도 꺼져간다
마무리다

행복도 우는구나

행복은 젊음이고 건강이고 가족이다

이제 나이 들어 아내도 떠나고

한두 가지 병은 친구처럼 달고 산다

외로움은 혼자가 더 편하다고

우기며 이겨낸다

나도 행복했는데 하며

추억 속의 행복을 반추해 본다

달 가고 해 가니

이 행복마저도 눈물을 흘리는구나

얼룩진 일기장

88

눈물로 얼룩진 일기장에

알알이 적어둔

그날의 이야기들

지금도 내 가슴속에

보석처럼 빛나네

사람들

내가 살아오면서 만났던

수많은 사람들과의

작고 큰 인연들 잊고 있었네

그 사소함의 중요성을

그 스쳐감의 무게를 잊고 살았네

되돌아보니 참 아름다웠어

전철에서 2천 원만 달라고

껌 하나를 내밀던 여인의 가녀린 손

500원 거스름돈 안 받는다고 감시하다던

재래시장 채소 아줌마

경로석에서 자리를 내주던 그 신사

모두 모두 감사합니다

웃고 있어도 눈물이 난다

"웃고 있어도 눈물이 난다"
〈그 겨울의 찻집〉 노래 가사다
기쁠 때도 눈물 나게 기쁘다는 표현이 있듯이
웃음과 눈물은 같은 샘에서 나오나 보다
이제 인생 황혼길
다시 웃지 못할 이 순간을
미소로 보내면서
나는 또 눈물이 난다

평화

어느 추운 겨울날 오후
하늘이 파랗고 대낮의 햇살이
창문을 넘어
거실 안까지 뻗어 온다
안락의자에 한가로이
조는 듯 앉아 하루를 보낸다
노인과 평화가 잔도 조화롭다

오늘 같은 내일은 없다

내일은 또다시 내일의 태양이 뜬다고
더 좋은 내일을 위해 달리던
그 세월 다 지나갔다
이제 나에게 내일은 있을지도 모르지만
그것은 분명 오늘보다 더 늙고 더 외롭고
저세상에 더 가까운 그런 날일 거다

다음은 없다

웃을 수 있는 일이 있으면 참지 말고 웃자
이 순간은 미룬다고 내 것으로 남아있지 않다
다음은 없다
지금뿐이다
더 나이들어 후회하지 말고
지금 할 수 있는 것 하고 먹고 싶은 것 먹고
웃고 싶으면 일부러라두 소리 내어 실컷 웃자
세월은 아낄 수도 없고
저축되는 것도 아니더라

사진 정리

오래된 그 많은 사진들을 밤새우며 정리했다

뽐내고 영광스러웠던 사진들이

이제 다 무슨 소용이 있겠는가

그래도 눈이 가는 것은

아내와 아이들의 가족 사진이다

오래 된 앨범에서 가족들의 사진을

뜯어내기란 쉽지 않았다

사진 하나하나의 추억을 되새기며

밤늦도록 작업을 했다

이렇게 사진을 정리하며 생각했다

인생은 이루는 것도 힘들지만

아름답게 정리하는 것도 힘들구나 하고

오르막길을 달려가며 숨차 하던

어제가 바로 오늘 같은데

이제 급경사의 내리막길을 내려오기도

여간 힘들지 않다

유품 정리

유품 정리 중고상 차가

항상 우리 동네에 주차하고 있다

유품들은 생전의 주인에겐

신품 명품보다 더 값진 것들인데

헐값 주면서 생색 낸다

나도 이때까지 많은 것들을 처분했다

지금 남은 것들은 나와 같이 갈

분신 같은 것들이지

좋은 그림 좋은 가구 장식품들

추억이 배어 있고

사연과 역사가 있는 소장품들

그리도 소중히 다루며

근무지 곳곳을 함께 다니던 이 물건들

이제 내 것이 아니다

다 버리고 가야 한다

매일 같이 쳐다보며

그때 그 시절을 회상하던 이 물건들

이제 내 추억 속에 묻어두고 잊어야 한다

트롯이 좋다

요즘 트롯 대단한 열기다
내가 아주 어릴 때
만주에서 어머니 나 데리고
신파연극을 보러 갈 때가 어렴풋이 생각 난다
연극이 끝나 집에 올 때는
늘 잠들어 업혀 왔었지
그때 들었던 〈홍도야 울지 마라〉가
생각이 난다
초등학교 시절 친구들과 드물게
한 번쯤 놀러갔던 한강
어머니 아버지 할아버지의 유골을 뿌렸던
그 강을 생각하며

심연옥의 〈한강〉을 떠올린다

6·25 한국전쟁이 발발했을 때

나는 서울 돈암동에 살았다

미아리와 가까운 곳이다

그때 그 길을 지나가던 인민군 국군을 기억한다

그래서 〈단장의 미아리고개〉는

나에게 더 애절하다

전쟁 피란살이 1950년대 이 시절의 노래는

우리 민족의 한과 고통

그리고 견딤과 치유 일어섬 속에

엄마들은 자식을 등에 업고 미래를 심었다

이렇게 한을 담은 많은 노래들이

우리 맘속에 살아 있다
내가 중학교도 못 마치고
성주 양조장에서 심부름이나 하며 지낼 때
늘 〈울고 넘는 박달재〉를 즐겨 부르던
일꾼 소천 아저씨 생각이 난다
이렇게 노래는 내 추억의 곳곳에
잊지 못할 기억으로 머물고 있다

군에 복무할 때 휴식시간이면 으레 대표로
노래를 맡아 부르던 친구가 생각난다
그때 들었던 〈삼팔선의 봄〉과
〈고향에 찾아와도〉는

지금도 내 귓전을 울린다
요즘 나는
내 나이가 어때서,
오늘이 젊은 날,
청춘을 돌려다오,
고장난 벽시계
같은 노래를 애청한다

봄날은 간다

"열아홉 시절은 황혼 속에 슬퍼지더라"
유행가 〈봄날은 간다〉의
노래가사가 떠오르는 계절
내 인생의 봄은 언제였던가
지금 나는 늙어 인생의 한겨울에 묻혀 있는데
계절은 또다시 봄이 되어
꽃도 피고 싹도 돋네
같이 웃고 울어 줄 사람들도
하나둘 가버린 지금
나 홀로 외로이 이 봄을 기다린다

(1953 백설희 노래)

내 집

내 집에서 살고 싶다

홀로 된 지 10년

반겨주는 사람은 없지만

내 집으로 돌아가고 싶다

눈 감고도 찾아가는 내 보금자리다

현관문을 들어서면

나의 냄새 나의 체온이

아직 남아 나를 반기고

내가 쉬는 안락의자가

그대로 그 자리에서 나를 기다리고 있다

벽에는 그림들

집안 곳곳에 진열된

장식품들 하나같이
내 인생의 일부였던 것들이다
내 여생을 여기 내 집에서
이들과 같이 마무리하고 싶다

나이 든다는 것

나이 드니 알겠더라

나이 든다는 것은

부족한 것으로 만족하는 법을 알게 되는 것

나이 든다는 것은

가질 것과 버릴 것을 알게 되는 것

나이 든다는 것은

용서할 줄 알고 침묵할 줄 아는 것

나이 든다는 것은

돈도 명예도 다 부질없다는 걸 깨닫는 것

나이 든다는 것은

그토록 소망하던 모든 것들이

한낱 꿈이었다는 것을 알게 되는것

잠시 스쳐가는 청춘

훌쩍 가버린 세월 살다 보니 알겠더라

일러주지 않아도

길목

길목이란 말이 나는 좋다

무엇인가 조금만 더 가면

새것이 나타날 것 같아 좋다

기대와 희망을 주는 말이다

기회이고 선택의 갈림길이다

무엇인가 더 좋아질 것이란 바람 속에

걷는 다리에 힘을 준다

가는 길목 지나면

돌아올 수 없는 길인 줄 알면서도

88살

이제 겨우 인생 88 한창때지
90까지는 내 인생 살아보자
단풍이 지금 막 물들었는데
저녁노을도 지금 막 붉어지는데
우리도 다시 한번 더
빨갛게 새빨갛게 물들어보세
어젯밤 잠들고 끝난 줄 알았는데
오늘 아침 눈 뜨고 일어나니
재생이고 부활이네
이렇게 흘러 90이 되면
그때 내 생각 내 모습은 또 어떨까

주름살

감출 수 없네 막을 수 없네

어디 숨었다가

이리도 빨리 나타나나

세월의 흐름을 어찌 막고

나이 듦을 어찌 감추랴

주름살 하나하나에

역사가 있고 눈물이 있다

그 패인 주름 골에 못다 한

숱한 이야기가 묻혀 있다

재건축

반평생을 살아온 아파트가
재건축될 예정이다
내가 10년만 젊었다면
좋은 새 아파트에 다시 돌아오겠지만
꿈같은 이야기지
한번간 내 젊음은
왜 재건축이 안 되나요

기죽지 말자

나이 들어 늙었다고 기죽지 말자
늙은 우리에게도 가슴 펴고
큰소리로 자랑할 것들이 너무 많다
전쟁의 폐허 속에서
오뚜기처럼 일어선 우리들이다
경부고속도로 놓고
포항제철 울산조선소도 만들었다
산업화의 역군이라 자부한다
독일에서 간호사로 광부로
번 돈 아껴 나라에 송금했다
열사의 땅 중동에 나가 주말도 반납한
건설의 역군으로 외화를 벌었다

포탄이 빗발치는 월남의 밀림 속에 생명을 바쳐

경제 안보적 국익을 도모했다

초근목피 보릿고개란 말을

후손들에겐 물려주지 않았다

나라 곳간 가득 채워서 물려주었다

소 팔고 논 팔아 자식 대학 보내어

새로운 세상에 대비할 인재로 키웠고

민주주의가 자랄 토양을 만들었다

헐벗고 무식한 나라를 물려주었다면

지금 우리나라는 어디에 있을까

이만하면 우린 기 죽지 않고

이 땅에서 노년을 살아 갈 권리가 있다

멋진 추억

머리에서 사라진 기억들이

가슴속엔 깊이 남아있다

눈 감으면 입가에 번지는 미소

마음속의 추억을 반추한다

그때 괴롭고 슬펐던 것도

지금은 이렇게 멋진 추억인 것을

가을 단풍

가을 단풍이 얼마나 아름다운가
봄꽃 못지않게 더 성숙하고
장엄한 아름다움이 아닌가
붉은색 노란색의 조화
나는 이대로 단풍으로 있고 싶다
조금 있으면 낙엽 되어 떨어질 운명이
어쩌면 이리도 나와 같을고
나는 단풍으로 좀 더 오래 있고 싶다
아름다운 단풍 그대로

2월의 나무

2월의 나무들은 잎사귀 하나 없이
새 봄을 기다린다
새싹이 돋아나고 꽃피고 잎새가 무성할 때
그 무게를 견디며
봄의 노래를 함께 부르려고 버티고 있다
봄을 기다리는 그 꽃들은 2월의 나무속에서
또 하나의 삶을 준비하고 있다
나도 2월의 나무이고 싶다

검정 비닐봉지

재래시장이 열리는 날
한 노인이 과일 한두 개를
검정 비닐봉지에 사들고 걸어온다
옛날 앞집에 살던 할아버지도 그랬다
혼자 드실 과일이나 채소를 사들고
힘겹게 걸어오던 그때 그 모습을
오늘 내가 재연하고 있다

할머니와 손녀

할머니와 손녀가 저만치서 걸어온다

할머니와 손녀를 바꾸어 본다

세월의 차이를 빼면 똑같다

할머니 속에 손녀의 예쁨과 젊음이 있고

손녀의 앳된 얼굴 속엔

훗날의 주름살이 겹쳐 보인다

아침

아침에 일어나 창문을 열고
하루가 밝았음을 알 수 있다면
그 이상 기쁜 일이 어디 있을까
내일도 모레도 그랬으면 좋겠다
흐린 날도 개인 날도 비오는 날도
그 하루가 나의 생명이니까
나는 대자연 속에 오래도록
하나의 존재이고 싶다

내가 사는 오늘

내가 사는 오늘은

어제 죽은 누군가가

그토록 하루만 더 살고 싶어 하던

내일이었다

오늘은 내 여생의 첫날이고

가장 젊은 날이다

이 수중한 오늘 하루가

내 한평생인 듯 잘 살아보자

하루에 이틀을 산다

밤이 늦었는데도 자기가 싫다
아침에 다시 못 깨어날까 봐
그리고 밤12시 넘게 깨어 있으면
하루에 이틀은 사는 것 같은
착각도 가질 수 있어
이 밤을 지새운다

어제 같기만 한데

그 세월 다 어디 갔는지
모든 것이 마치 어제 같기만 한데
애들은 그리도 빨리 자라 다 떠나가고
어제 같은 내 젊음도 찾을 길 없네
이제 굽은 허리 백발의 내 모습으로
Isla Grant의 노래 어제 같기만 한데
〈It Seems like it was only yesterday〉를
들어본다

노숙녀

거의 매일 한강변을 산책하던 2021년 6월 말
한강공원 정자쉼터에서
63세의 한 여인을 보았다
초여름이지만 아직은 쌀쌀한 밤을
미라처럼 은박지 돗자리에
몸을 말아 견디고
곁에는 타다 남은 모기향이 있었다
어디서 무얼하는지 어떻게 사는지도 모르는
딸 하나 남겨두고 남편과 헤어진 지 13년
기초생활 수급자가 되어 이곳에서 밤을 새운다
대학을 졸업하고 피아노 레슨까지 하던 여인이
어쩌다 밤이슬 피할 작은 공간도 없는

노숙녀가 되었는고
끼니는 어찌 하는지 근처 편의점의
라면이나 물만두면 성찬이란다
한번도 빨지 않은 옷을 입고
움직일 때마다 소지품 전부를 들고 다닌다
일을 하고 싶어도 써주질 않는다고 하며
이제는 의욕도 잃은 듯
오늘의 이 모습은 모두 자기가 만든 거라고
지난 세월을 한탄했다
조성모의 광팬으로 열광하던 시절을
웃음으로 회상했다
내일은 내일의 태양이 뜬다고 하며

이대로라도 오래 자유롭게 살고 싶다고 한다
나는 생각했다
나는 내 인생속에서
한순간의 노숙자인 적이 없었는지

돈

가진 돈이 다 내 것이 아니다
쓰는 만큼만 내 돈이다
죽을 때 갖고 가는 것은 돈이 아니라
내가 쓴 돈의 가치뿐이다
소유는 가진 자의 만족이지만
나눔은 많은 사람의 기쁨이다

가슴의 눈물

그때 그 어린 불쌍한 나를 생각하면
지금도 가슴으로 눈물이 난다
무의무탁한 천애의 고아가 흘린
그 뜨거운 눈물
얼마나 서러웠을까

가족

손에 닿지 않아도

내게 아들이 있다는 게 좋다

옆에 없어도 내게 딸들이 있다는 게 좋다

그들의 존재만으로도 나는 행복하다

귀 기울이지 않아도

손자들의 재잘거리는 소리가 들려온다

눈에 보이지 않아도

모두 나와 아내 옆뒤로 서서 사진을 찍는다

가족은 언제나 내 마음속에

다정한 옛 모습 그대로 살아있다

자식은 부모에게 무엇인가 I

자식들은 나에게 무엇인가

내 자식으로 태어나 주어 고마운 존재다

손가락도 다섯 개 발가락도 다섯 개씩

기어도 다니고 걸어도 다닌다

웃기도 하고 울기도 하고 말도 하고

신기하게도 나를 닮아가는

내 자식 내 핏줄이다

내 살과 피를 나눈 또 하나의 나다

이렇게 귀여운 모습으로 내 가족이 되어

부모에게 기쁨과 즐거움을 주면서

건강하게 자라주어 고마웠다

그것이 너의 효도였다

자식은 부모에게 무엇인가 2

유치원에 보내고 초등학교에 들어간다

교복 입고 코 수건 가슴에 단 내 자식

어느새 자라 학생이 되는구나

좋은 것 있으면 자식 먼저 먹이면서

공부 잘해라 건강해라 노래 부르며 키운다

소풍가는 날 운동회 날은 엄마들의 큰 행사다

이렇게 귀여운 자식들은

얼굴에 여드름이 나고 사춘기를 거치며

친구들과 사귀면서 성장한다

대학 시험날엔 아빠도 엄마도

뜬눈으로 밤을 지새운다

자식은 이렇게 자라고

부모는 자식이 나보다 더 잘 되라고
더 건강하라고 기도한다
부모는 정성을 쏟아
사랑할 자식이 있어 행복했고
자식은 그 존재 자체가 효도인가 보다

황반변성과 보청기

2019년 말쯤 왼쪽 눈 시야가 좁아지고
직선이 꾸불꾸불하게 보인다
그해 12월 나는 성모병원에서
황반변성이라는 진단을 받고
2-3개월에 한 번씩 눈동자에 주사를 맞는다
운전면허증도 반납하고 자동차도 처분했다
그리고 또 언제부턴가
TV 소리가 불분명하고 부서져 울려 들리고
사람과의 대화에서 되묻는 경우가 많아졌다
검사 결과 왼쪽에 이어 오른쪽 귀도
난청이라 보청기를 하란다
2023년 8월부터

보청기 적응 훈련을 시작했다
이렇게 내 몸은 하나하나 무너져간다

아들의 편지

나는 스웨덴에, 아들은 한국교육을 위해
서울에 떨어져 있던 1978년 10월
11살 아들이 나에게 보낸 감동적인 편지를
나는 한평생 간직하고 있다
(아들이 한글을 잘 못할 때)

Dear Dad

Dad. I will study hard and I will be
careful about my health but I will
mostly try to be a great man like you
always told me

(중략)

Everyday I will think about you.

Even when I am sleeping. I will not let

anyday pass by without

thinking about you. I love you, my

wonderful dad.

your son who miss you,

글쓰기

글을 쓰자

글 쓰는 것은 자신과의 대화다

생각날 때마다 내 생각 내 느낌을

토막으로 적어두는 것이다

쓰다 보면 사람 이름이나 지명이

생각나지 않을 때가 많다

다시 찾아본다

이렇게 하면 치매 방지에도 도움이 된다

몇 달 후에 내 글 다시 읽어보면서

나는 그땐 젊었었지 한다

글 쓰는 것은 내 마음이 지난날로

되돌아갈 수 있는 유일한 방법이다

괜찮아요

"괜찮아요"라는 말이 참 좋다

목표에 이르지 못해도

흡족하지 않더라도

조금 부족하더라도 1등은 아니라도

그만하면 괜찮다는 용인 양보 인내 배려의

이 한 마디가 때로는

충분과 완벽보다 더 돋보인다

세월은 체인가 봐

세월은 걸러내는 체인가 봐

세월이 지나니 원망도 미움도 다 사라지네

세월은 마취제인가 봐

쓰라림도 아픔도 다 잊혀지네

그 세월 다 보내고 나니

이제 나 두려운 것도 아쉬운 것도 아픔도 없이

여기 빈 마음으로

이 아름다운 세상을 바라볼 수 있다네

허무

허무란 무엇인가
그토록 애써 왔는데
노력했는데 정성을 다했는데
그 긴 세월 모든 걸 희생했는데
지금 내게 쥐어진 것은
빈 손, 빈 가슴, 덧없음뿐
내가 바라던 그 무엇도 보이지 않네
허무란 이런 건가

행복한 노년을 위하여 I

행복한 노년을 살아가려면

무엇보다 건강하고 돈이 있어야 한다

살만치 연금 나오고 빚 없고

집 있으면 최고다

누구도 빼앗아 갈 수 없고

나라가 지켜주는 연금은

노후 최고의 든든한 보장이다

관리하기 힘든 부동산보다

현금성 금융자산이 낫다

거래 은행은 집 가까운 곳으로 모으고

돈은 정기예금보다 언제나 찾을 수 있는

저축성 예금에 넣어두자

운전을 그만두고 자동차도 처분하자
내 몸 보살피기도 힘든데
자동차까지 걱정하랴
집안의 가구들 장식품들
아끼던 것들도 미리미리 처분해서
노년의 주위를 홀가분하게 하자
친구들에게 가끔 전화해서 안부를 묻자
지난날의 인연을 소중히 여기고
주기적으로 돌아가며 자리를 만들어
인연이 녹슬지 않게 하자
학교동창 동호회 모임에도 빠지지 말자
해외여행은 못 가더라도

짧은 국내 여행은 동행이 좋으면 나서 보자
당일치기 나들이도 좋다
이 모든 것이 건강이 있어야 가능하다

(노년의 행복을 누가 감히 정의하고 재단하랴
그냥 내 경우 몇 가지를 적어 봤다)

행복한 노년을 위하여 2

나이 들고 늙으면서

눈귀 어두워지는 것은 병도 아니다

늙은이 염색해서 머리만 까맣게 보인다고

젊어지는 게 아니다

자연스럽게 늙어가는 것이 노년의 행복이다

매일같이 내 발로 걸어 산책을 하고

양지바른 공원 벤치에 앉아

입가엔 미소 머금고

지난날을 회상할 수 있다면

이 또한 노년의 행복이 아닐까

집안이고 밖에서고 넘어지지 마라

노인의 뼈는 쉽게 부러지고 잘 낫지 않는다

지하철역 에스컬레이터나 계단 오르내릴 때

손잡이 꼭 잡고 특히 조심하자

나는 아내 간병하는 동안

내 집을 노인 살기에 안전하게 만들어 왔다

목욕탕이나 화장실에 손잡이를 만들었고

목욕탕 안에는 미끄럼방지 매트를 깔았다

몇 년 전 집수리 때

집안의 모든 문턱도 없앴다

문턱에 걸려 넘어지는 일이 없도록 했다

오래전부터 현관에 간이 의자를 두고

신발을 앉아서 신도록 했고

의자를 부엌과 방에도 두고

수시로 앉거나 기댈 수 있게 했다
바지 입을 때 아직 서서 입는다
평소에 한발 서기 훈련을 해서
이 능력을 유지하자
일기 같은 글쓰기를 일상화하고
휴대폰의 여러 기능을 익혀 활용하고
TV도 보며 인지능력을 지켜 나가자
감기 걸리지 마라
노인에게 감기는 큰 병이다
독거노인의 경우 생사확인 장치도 필요하다
내 경우 아침 6시 반쯤
아들과 카톡으로 아침인사를 나눈다

여러 번의 확인에도 응답이 없으면
내게 와 보기로 했다

노년의 작은 행복을 지키기 위해
이렇게 조심조심 하지만
언젠가 힘들고 어려운 일 당할 수 있다
그때엔 담담하게 받아들이자
이것이 인생이요 자연의 순리인 것을

행복한 마무리

자식과 가까이 살며

자주 문안 인사 받고 건강하게 살다가

어느 날 아이들 손잡고

너희들의 아버지여서 행복했다고

멋진 말 남기고

평생의 추억이 담긴 내 책 한 권 가슴에 안고

자는 듯 가고 싶다

이 얼마나 행복한 마무리인가

이 작은 바람이 그리도 욕심일까

더 늙고 병들어 내 힘으로

아무것도 할 수 없을 때가 오더라도

이 행복만은 갖고 싶다

울고 싶다

울고 싶을 때가 있다

북받쳐 오르는 슬픔에 겨워

혼자서 가슴으로 울고 싶을 때가 있다

잠시 동안이지만 눈시울도 뜨겁고

가슴도 미어지는 듯한 느낌이다

닥쳐올 운명 앞에 승복하고

내 힘으로 어찌할 수 없음을 탄식하는

그런 슬픔의 눈물을 흘리고 싶다

죽음을 향한 열차에 떠밀려 타고 있는

내 모습이 서러워 눈물이 난다

감사합니다, 사랑합니다

이별이 서러워 나는 운다

오래지 않아 떠나야 하기 때문에 나는 운다

아침 햇살에게 저녁 노을에게 봄꽃에게

그리고 가을 단풍에게도 잘 있으라고

손 흔들며 떠나려 한다

이 아름다운 날 내 사랑하는 아이들을 비롯한

모든 것들과 헤어져야 하기 때문에 나는 운다

집안에서 이방 저방 다니며

가구들 그림들 장식품들을 바라본다

하나같이 생생히 기억되는

추억의 옛 이야기가 배어 있다

더 이상 이 공간이 내 것이 아닐 것임을

나는 눈물로 슬퍼한다
예정된 이별이 서러워 나는 운다
내가 두고 떠나는 모든 것들에게
나는 말하리라
감사합니다, 사랑합니다

노년과 마무리

글쓴이 김석규

1판 1쇄 인쇄 2024. 3. 1.
1판 1쇄 발행 2024. 3. 10.

펴낸곳 예지 | **펴낸이** 김종욱
편집 디자인 예온

등록번호 제 1-2893호 | **등록일자** 2001. 7. 23.
주소 경기도 고양시 일산동구 호수로 662
전화 031-900-8061(마케팅), 8060(편집) | **팩스** 031-900-8062

ⓒ KIM, Suk Kyu 2024
Published by Wisdom Publishing, Co.
Printed in Korea

ISBN 979-11-87895-44-2 03810

예지의 책은 오늘보다 나은 내일을 위한 선택입니다.